EL BARCO
DE VAPOR

Pupi y las brujas de Halloween

María Menéndez-Ponte

Ilustraciones de Javier Andrada

sm

fundación sm

**La Fundación SM destina los beneficios
de las empresas SM a programas culturales
y educativos, con especial atención a los
colectivos más desfavorecidos.**

Si quieres saber más sobre los programas
de la Fundación SM, entra en
www.fundacion-sm.org

LITERATURA**SM**•COM

Primera edición: septiembre de 2012
Sexta edición: marzo de 2019

Gerencia editorial: Gabriel Brandariz
Coordinación editorial: Paloma Muiña
Revisión editorial: Inés de la Iglesia
Coordinación gráfica: Lara Peces

© del texto: María Menéndez-Ponte, 2012
© de las ilustraciones: Javier Andrada, 2012
© Ediciones SM, 2012, 2019
    Impresores, 2
    Parque Empresarial Prado del Espino
    28660 Boadilla del Monte (Madrid)
    www.grupo-sm.com

ATENCIÓN AL CLIENTE
Tel.: 902 121 323 / 912 080 403
e-mail: clientes@grupo-sm.com

ISBN: 978-84-675-7989-5
Depósito legal: M-4883-2019
Impreso en la UE / *Printed in EU*

A Roberto Tomé Grasa,
Alfonso García Castaño,
Jorge Martín Iglesias
y Juan Luis Pérez Valbuena,
los mejores extraterrestres
del mundo mundial mundialísimo.

Pupi ha quedado con sus amigos en la urbanización de las gemelas para celebrar la noche de Halloween, pero le cuesta un poco reconocerlos.

Rosy se ha transformado
en un auténtico pirata.
¡Si hasta lleva un loro de peluche
en su hombro!
Y no digamos Bego y Blanca,
que son dos brujitas perfectas,
con sus vestidos negros, sus escobas,
sus gorros puntiagudos y las caras pintadas.

Nachete, ¡cómo no!,
se ha disfrazado de tiranosaurio,
tal es su pasión por los dinosaurios,
y Coque es un mago imponente.

–¡Mirad, vengo de *pampasma*!
¡Uh, uh, uuuh! –exclama Pupi entusiasmado.
   –¡De *pampasma*! Ja, ja, ja
–se burla Coque–. Dirás de fantasma.
   –El que tiene boca se equivoca
–salta Blanca en su defensa.

–Entonces él debería tener
tropecientas bocas, porque siempre
se está equivocando, ja, ja, ja.
Además, ¡vaya birria de disfraz!
Solo es una sábana vieja con agujeros.
Te tendrías que haber disfrazado de demonio,
porque ya tienes los cuernos
–dice Coque señalando las antenas de Pupi.

   −No le hagas caso, Pupi,
que te tiene envidia
−lo defiende ahora Rosy.
      −¡Y un jamón con chorreras!
La envidia la tendrá él de mi disfraz de mago.
¡Hasta tengo una varita mágica!
−le replica él con chulería.

Realmente, el disfraz de Coque
es espectacular,
pero a Bego le fastidia
que humille a Pupi,
y también salta en su defensa.
—¡Pues vaya cosa:
una varita mágica
que no puede hacer magia!
En cambio, Pupi sí que hace magia
con sus antenas.

–¿Y qué!? A mí me van a comprar
la videoconsola más ultramoderna del mundo,
y se pueden hacer con ella miles de cosas
–le replica Coque, cada vez más rabioso.

−Pero ¿no íbamos a pedir *perrerías*?
−dice Pupi, desencantado por el rumbo
que está tomando la noche
más «terrorífica» del año.

Ahora la rabia de Coque
se transforma en risa.

−Ja, ja, ja, ja. ¡Perrerías! Ja, ja, ja, ja.
¡Son chucherías!

−¿Y acaso un chucho
no es lo mismo que un perro?
−pregunta Pupi, desconcertado.

−¡Qué puntazo, Pupi, eres un *crack*!
−exclama Blanca.

Pupi no tiene ni idea de qué es un *crack*,
pero igualmente se pone muy hueco,
porque sabe que es un halago.

Pero como a Coque no le gusta nada
que le roben protagonismo, dice:
   –Bueno, ¿vamos a pedir las chuches o qué?
   Y los seis se dirigen al chalé del vecino
con las bolsas calabaza que les ha hecho
la mamá de Rosy.
   Cuando tocan el timbre,
una señora mayor les abre la puerta.

–¿Truco o trato? –le preguntan a coro.

–¡Trato, trato!
–responde ella haciéndose la asustada–.
Esperad, que os doy unas chocolatinas.

La señora reparte una a cada niño.

–¿Solo una? –protesta Coque.

–Coque, no seas *egotista*,
que hay más niños –le regaña Pupi.

–Tu amigo tiene razón
–corrobora la señora.

–Muchas gracias, señora,
ha sido muy amable –murmura Rosy,
muerta de vergüenza
por el comportamiento de Coque.

–Sí, muchas gracias –repiten los demás,
también avergonzados.

Nada más cerrar la puerta,
todos reprenden a Coque por su proceder.
Él les promete que no lo volverá a hacer,
y los seis guardan el preciado botín
en sus bolsas.

Pero, en la siguiente casa,
a Coque ya se le han olvidado
sus buenos propósitos.
Y cuando ve el bolsón de caramelos
que tiene en la mano el dueño, exclama:
      —¡Qué guay! ¿Nos los vas a dar todos?

Sus amigos tienen ganas de amordazarlo.
Pero el señor se les adelanta:
    –Si te comes todos estos caramelos,
se te caerán los dientes.
    –Mejor, así el ratoncito Pérez
me traerá muchas cosas
–replica él tan campante.

Rosy ya no sabe dónde meterse
de la vergüenza tan grande que siente.
Le habría gustado que se la tragara la tierra.

–Eres un *varicioso*
y se te va a romper el saco –le regaña Pupi,
que no entiende ese afán de Coque de acaparar:
cuanto más le dan, más quiere.

Pero Coque, en lugar de intimidarse,
se crece.

—¡Qué va! Es una bolsa muy resistente
y no se rompe por cuatro caramelos de nada.

Blanca le da un codazo
para que se dé cuenta
de que se tiene que callar
y dice a modo de disculpa:

    –Perdónelo, es que está muy consentido.

    –Y como acaba de tener una *marinita*
y tiene celos, le compran todo lo que pide
–corrobora Pupi.

    El señor, consciente de la situación,
les da un buen puñado de caramelos
a cada uno.

    –Muchísimas gracias y perdone
–murmuran todos.

    En su vida han pasado más vergüenza.

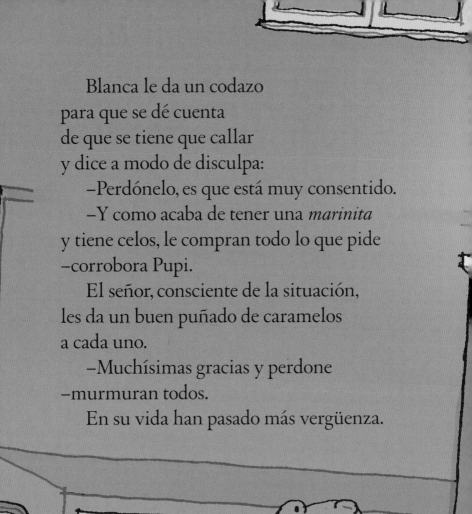

En cuanto el señor cierra la puerta,
todos se vuelven contra Coque.
Pero, por suerte para él,
justo en ese momento,
un murciélago sale volando
de debajo del alero del tejado
y les pega un susto de muerte.

−¡Jopeta, qué *murciégalo* más *guisante*!
−exclama Pupi.

−Yo creo que era un vampiro
−comenta Rosy, muerta de miedo.

A Nachete lo que le ha llamado la atención son sus ojos amarillos... ¿O eran naranjas?

Todavía no se han recuperado
del sobresalto, cuando el extraño animal
regresa en un vuelo rasante
y arrebata a Coque su varita mágica.
Este se pone a llorar desconsolado.

–¡Bua, buaaa! ¡Me ha robado mi varita,
y sin ella ya no soy un mago!

Pupi, al ver el disgusto de su amigo,
se enfada mucho y sale corriendo
detrás del extraño animal.
Su botón está al rojo vivo
y sus antenas dan vueltas frenéticamente.

–¡*Murciégalo* malo,
devuélvele a mi *omigo* su varita mágica!
–le grita.

   Los demás van tras él,
pero el murciélago, vampiro, o lo que sea,
vuela cada vez más alto
y resulta imposible darle alcance.

Pupi está tan enfadado
que sus antenas forman un pequeño tornado,
y todos ellos se ven arrastrados
hasta un extraño lugar.
  –¡Es un bosque *cantado*! –exclama Pupi.

Efectivamente, se trata de un bosque cuyos árboles parecen seres animados, con ojos, brazos y pies.

De hecho, uno ha pasado corriendo delante de ellos.

Y se escuchan unos sonidos extraños que ponen los pelos de punta.

Los seis amigos se apiñan, temblando de miedo.

–¿Qué... qué... ha sido eso? –balbucea Rosy.
    –Creo que son búhos ululando
–dictamina Nachete,
que es un gran entendido en animales:
su papá es veterinario
y le enseña muchas cosas sobre ellos.

Pero los sonidos
son cada vez más espantosos.

–Parecen *burbujas lloviendo*
–dictamina Pupi–. Vamos a *consuelarlas*.

–¿Burbujas? –se extraña Nachete.

–Sí, como ellas
–dice Pupi señalando a las gemelas.

–¡Ah, brujas! –exclama Bego.

Los niños no están seguros
de querer consolarlas.
¡A ver si los van a encantar!
Pero no les queda más remedio
que seguir a Pupi.

En un claro del bosque,
encuentran a tres brujas
sentadas alrededor de una fogata
y llorando a lágrima viva.
Pero, al descubrir la presencia de extraños,
su llanto cesa de inmediato
y una de ellas chilla
señalando las escobas de Bego y Blanca:

–¡Mirad! ¡Dos escobas voladoras!

–No, estas no *volan* –les aclara Pupi.

–¡Anda! ¿Y qué clase de brujas
sois entonces? –exclama otra
dirigiéndose a las gemelas.

–Es que no son *burbujas*,
solo están disfrazadas.

Pero la tercera bruja
se queda mirando a Coque
y, de pronto, se pone a chillar:
   –¡Tú eres el ladrón de escobas,
te reconozco, perillán!
¡Devuélvenoslas! ¡Jimalají, jimalajá!

Al instante, las tres rodean a Coque,
echando sapos y escupitajos por la boca.

　　–¡Socorro, socorro!
–grita el pobre, desesperado.

　　–¡*Coscorro, coscorro*! –grita también Pupi–.
¡Las *burbujas escupitajean gatos* contra Coque!

Su botón está morado del susto
y sus antenas giran como una peonza.
De pronto, las brujas salen disparadas
igual que cohetes chisporroteando en el aire
y luego caen en picado,
quedando medio atontadas.

    –Pedón, pedón –les suplica Pupi–.
Pero es que Coque no ha *borrado*
vuestras escobas.

    –¡No lo creo! ¿Por qué, entonces,
va vestido como el ladrón?
–pregunta una de las brujas.

–Huy, pues no lo sé...
–responde Pupi, y añade–:
Además, a él también le han *borrado* su varita.

Parece que las brujas, por fin,
se convencen de que Coque
no es el ladrón.

–Lo siento, niñito. Perdona la confusión.
Yo soy Maruja, la que todo lo estruja
–se presenta la que lo ha acusado.

   –Y yo soy Cotruja, la más maluja.

   –Y yo, Celestinuja, la que enamoruja.
¿Necesitas una novia? –le pregunta,
tratando de compensar lo antipáticas
que se han puesto.

–¿Yo? –Coque, al principio,
no sabe qué decir,
pero cuando ve su dedo arrugado
y la uña larguirucha delante de su pecho,
siente que no puede contener su lengua
y empieza a hablar–: Pues sí. Yo... yo...
Yo quiero a Blanca,
pero ella solo hace caso a Pupi,
y eso no es justo...

Sus amigos se quedan atónitos.
Coque nunca antes les había confesado
que está por Blanca,
aunque todos lo saben,
porque se le nota un montón.

45

–Te haré una pócima de amor
y Blanca será tu rosa –dice Celestinuja.

–¡No quiero ser su rosa!
–salta Blanca, indignada.

Pero Celestinuja desaparece
como una pompa que se desintegra en el aire
y aparece a los pocos segundos
con un cuenco de madera entre las manos.

Dentro del recipiente
borbotea un líquido espeso
que la bruja derrama sobre Blanca.
Ha ocurrido tan rápido
que ni ella ni Bego han podido evitarlo.

Los niños se quedan impresionados
al ver la repentina transformación
de su amiga. Ya no es la Blanca peleona
que siempre planta cara a Coque,
sino una niña que babea por él
y lo persigue para darle besos.

–¡Ay, pichoncito, qué guapo eres!
¿Quieres ser mi novio?
El pobre no acierta a responder.
¡Hasta ha conseguido sacarle los colores!
En cambio, Bego está furiosa.

–¡Celestinuja, haz el favor
de desencantar a mi hermana
o no os ayudaremos a encontrar las escobas!
   –Ay, ahora no puedo hacer nada
–contesta con una risita–.
Pero no te apures: el efecto de la pócima
pasará pronto.

–Más te vale
–le dice en actitud amenazadora.
Y es que le molesta ver cómo su gemela
persigue a Coque para besuquearlo.
Hasta él mismo empieza a hartarse
de ese amor tan agobiante.
Le gustaba más la Blanca de siempre.

—Dejaos de babosadas
y demos caza al ladrón,
si es que queremos acudir a nuestra fiesta...
—determina Cotruja.
    —Lo mejor es que cada uno
busque por un sitio –propone Nachete–.
Y si alguno lo encuentra, que silbe.

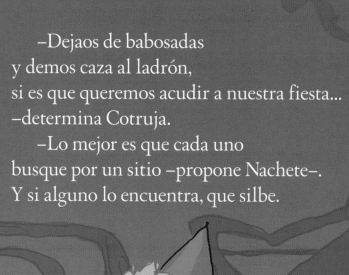

–Yo no quiero ir solo –protesta Coque.

–No te preocupes, mi pichoncito, yo iré contigo –le dice Blanca.

–No, él que vaya con Nachete –determina Bego, que sigue molesta.

Pero a pesar de tomar caminos diferentes,
a Blanca le parece ver a Coque por todas partes.
También Bego lo ve a lo lejos en una ocasión.

–Qué raro que vaya él solo,
sin Nachete –comenta.

–¡Espera, mi pichoncito!
–grita Blanca saliendo tras él.

Pero Bego la detiene agarrándola del brazo,
y le dice con determinación:

–¡Blanca, ya vale, no soporto
que le sigas llamando «mi pichoncito»!

De pronto, los ojos de Blanca
se ponen a dar vueltas.
Parece que se le van a salir,
y Bego se asusta mucho.
   –¡Bueno, si quieres,
puedes seguir llamándole «pichoncito»!
Pero no te pongas así... –le dice.
   Súbitamente, los ojos de Blanca se detienen
y pregunta desconcertada:
   –¿A quién llamo yo «pichoncito»?

–A Coque, claro –contesta su hermana.

–¿Quéééé? –exclama Blanca.

Pero su diálogo es interrumpido
por unas carcajadas tremendas.
Y enseguida vuelven a ver pasar a Coque.

–¿No te parece raro que vaya solo?
–le pregunta Bego.

–Pues sí. ¡Con lo cagueta que es!
–le responde su hermana,
ya repuesta del efecto de la poción.

Las dos salen corriendo tras él.
Pero, a pesar de lo mucho que corren,
no logran alcanzarlo
y lo acaban perdiendo de vista.

–Coque no corre tanto, yo siempre le gano
–comenta Blanca, extrañada.

–¿Y si es el ladrón? –aventura Bego–.
Maruja dijo que iba vestido igual que él.

Las dos se ponen a silbar,
y consiguen reunir a los demás
para aclarar qué está ocurriendo.
   Coque niega haber huido de ellas
y Nachete afirma
que no se ha soltado de su mano.
Además, les cuenta que ha vuelto a ver
los raros ojos del murciélago
entre los árboles.

De nuevo se escuchan unas carcajadas acompañadas de un revoloteo.

–Ja, ja, ja, ja. ¡Cuánto divertimento está teniendo hoy il mago Pinchón! –dice una voz entre los árboles.

–¡Seguro que ese es el ladrón! –exclama Maruja.

–No, ¡es el murciélago! –grita Nachete. Y todos corren hacia él.

—¡A la derecha! –grita Blanca.

—¡No, a la *cerda*! –grita Pupi.

Y es que no resulta nada fácil localizarlo,
porque las carcajadas vuelan
y tan pronto vienen de un lado como de otro.

El mago Pinchón
se lo está pasando en grande.
Tanto, que abandona su forma de murciélago
y se tira por el suelo retorciéndose de la risa.
Así es como Lila, por fin,
consigue localizarlo.

Pupi se enfrenta a él
y le increpa muy enfadado:
–¡Eh, mago Pinchón, *devolve* las escobas
que les has *borrado* a las *burbujas*!
¡Y esa es la varita de Coque!
¿Cómo es que la tienes tú?
–Mirad, es como el murciélago:
tiene un ojo amarillo y otro naranja
–dice Nachete.

El mago Pinchón,
al darse cuenta de que lo han descubierto,
se enfada muchísimo.
    –Sí, yo era el murciélago, estupidi gusani,
¡y ningún tontone va a poner fin
a la mía diversione!

El botón de Pupi está al rojo vivo,
y sus antenas organizan tal ventolera
que las escobas salen disparadas
desde los matorrales donde estaban escondidas
y empiezan a volar sin ton ni son.
Pero Maruja exclama:
   —¡Escobitas bonitas,
dadle su merecido al mago Pinchón,
por ladrón! ¡Jimalají, jimalajón!

Al instante, las escobas empiezan
a barrer la cabeza de Pinchón,
y a pegarle azotes en el culo,
hasta que sale huyendo por el bosque.
    –¡Escobitas escoberas,
vámonos ya, que es media noche
y la gran fiesta va a comenzar!
¡Jimalají, jimalajá! –ordena Cotruja esta vez.

–¡Qué porra! –protesta Coque,
a pesar de haber recuperado su varita–.
Nosotros nos hemos quedado sin Halloween
por ayudaros.

–De eso nada, monada.
Vosotros sois nuestros invitados especiales.
¡Faltaría más! –le responde Celestinuja.

Y en un santiamén, los seis amigos,
acomodados en las escobas,
vuelan hacia el Gran Aquelarre,
la reunión más importante de las brujas.
    —¡Hala, qué fiesta más *brujifástica*!
—exclama Pupi al llegar.

Los demás se quedan sin palabras.
Es la fiesta más original y divertida
de cuantas han presenciado.
Hay carreras de sapos encantados,
concursos de tiro de patatas, de superbrujiretas,
que son distintos tipos de piruetas,
de saltos de escoba...
También hay juegos de encantamientos,
de brujipompas, de bailes brujiles...

¡Plof!

¡Plof!

Y, como remate,
la búsqueda de golosinas
que están colgadas por los árboles
y que son las más deliciosas
y de sabor más extraño
que jamás hayan probado.

Cuando regresan a casa,
sus calabazas están llenas a rebosar
y ellos afirman, felices, haber vivido
la noche más mágica de sus vidas.

TE CUENTO QUE JAVIER ANDRADA...

... nunca vivió una noche de Halloween. Y es que en aquella época no se celebraba esa fiesta en España. Pero monstruos sí que había, sobre todo brujas: la *señá* Marciana, la Cagancha... Ellas se hacían pasar por señoras normales, pero Javier sabía que, menos escobas voladoras, lo tenían todo para lanzar maleficios. Además, Javier vivía cerca de un cementerio, y por las noches, cuando regresaba solo a su casa, pasaba muchísimo miedo al ver al fondo la farola solitaria que había encima de la casa del enterrador. Se llamaba Emeterio (Emeterio el del cementerio) y tenía muy mal genio. ¡A ver quién se habría atrevido a ir allí a pedirle caramelos!

Javier Andrada vive en Barcelona y trabaja como ilustrador para varias editoriales. Sus ilustraciones aparecen tanto en libros de texto como en novelas, cuentos, pictogramas y clásicos adaptados. Ha desarrollado proyectos para publicidad y para teatro infantil diseñando escenografías; también imparte talleres de ilustración y pinta.

TE CUENTO QUE MARÍA MENÉNDEZ-PONTE...

... cuando era pequeña, sentía una gran afición por los cuentos tradicionales rusos que hablaban de Baba Yaga, una bruja terrible con la nariz azul, los dientes de acero y una pierna de hueso. Pero cuando le tocaba ir a dormir, a María le parecía que los árboles de su enorme jardín eran en realidad brujas que la acechaban, y tenía que revisar todos los rincones del cuarto para comprobar que no hubiera ninguna escondida. En aquella época no se celebraba Halloween, pero sí los Carnavales, y todos los años se organizaba en su casa una gran fiesta de disfraces con montones de concursos. Y cuando ya oscurecía, todos los primos salían al jardín y hacían como que volaban encima de improvisadas escobas, bastones o ramas de árbol. Así, ahuyentaban a los fantasmas... hasta que sentían que alguno les había rozado la pierna, o el brazo, y entonces volvían a casa a todo correr, muertos de miedo.

María Menéndez-Ponte nació en A Coruña. Ha escrito más de trescientos textos entre cuentos y novelas para niños y jóvenes. En 2007 recibió el Cervantes Chico, uno de los premios más prestigiosos de literatura infantil y juvenil.

Si te ha gustado este libro, visita

LITERATURA**SM**•COM

Allí encontrarás:

- Un montón de libros.
- Juegos, descargables y vídeos.
- Concursos, sorteos y propuestas de eventos.

¡Y mucho más!

Para padres y profesores

- Noticias de actualidad, redes sociales y suscripción al boletín.
- Propuestas de animación a la lectura.
- Fichas de recursos didácticos y actividades.